서로에게 기대서 끝까지

서로에게 기대서 끝까지

정다연 시집

창비

인간을 사랑해준 아롱이, 사랑이, 자연이
궁금이 그리고 지금 제 곁에서 숨 쉬는
밤이에게 이 책을 바칩니다

차
례

제 1 부

깜빡 졸았다 세상의 중심을 향해

홀리데이

현지 가이드 데이비드는 내가 한국인인 것이 아쉽다고 했다 만약 일본인이었다면 좀더 많은 대화를 나눌 수 있었을 거라고

필리핀계 호주인인 그는 일본인 관광객을 상대로 오랫동안 일해왔다 너는 그들에게 쉽게 호감을 살 수 있다 네게는 아시아인의 피가 흐른다 백인 사장의 말이었다 낙석을 비껴가며

데이비드는 얼마 전 울루루에서 투신자살을 시도한 젊은 부부를 경찰에 넘긴 적 있다는 얘기를 했다 그들이 얼마나 필사적이었는지에 대해 얼마나 맥없이 추방당했는지에 대해 네가 그 표정을 직접 봤어야 했는데 마른 입술에 침을 발라가면서

쉴 새 없이 あなたが日本人だったらもっとよかったのに 반복하면서 라디오에서는 자연적으로 발생한 산불로 삼림이 크게 훼손되었으며 워킹홀리데이로 체류 중인 동양인 여성이 쓰레기 더미 위에서

변사체로 발견되었다는 소식이 짧게 전해졌다 세상이 점점 더 무서워지고 있다고 속력을 늦추면서 그가 몸서리칠 때 나는 스스로 불을 지르는 숲을 상상했다 깜빡 졸았다 세상의 중심을 향해

에코백

카페에서 친구를 기다린다 커피향이 고소하다 불에 볶은 과테말라, 케냐, 오악사카산 원두

수익의 일부는 정당하게 현지에서 일하는 농부들에게 돌아간다

많이 살수록 할인율은 높아진다 최저가의 최저가 에코백은 덤이다

담배 있어요? 역 광장을 돌며 담배를 구걸하던 남자가 무료급식을 받기 위해 줄을 선다 보이지 않는 구석에, 그러나 너무도 쉽게 눈에 띄는 한국이 싫다며

외국을 전전하던 친구는 이제 세상에서 서울보다 좋은 곳은 없다고 한다

돈만 있다면

이렇게 편한 나라가 어딨어?

멕시코시티에서 총에 맞아 죽은 아이를 봤어 모르몬교 백인을 향한 증오범죄였는데 해변에서 먹었던 토르티아는 정말 매웠지 실컷 떠들다가 친구는 기념품으로 샀다는 핸드메이드 에코백을 건넨다 착한 소비는 가난한 지역사회를 살리는 데 도움을 준다고

못에 걸리면 그대로 쭉 찢길 것 같은,

급식소에 셔터가 내려진다 배웅하는 사람은 없다 각자의 길을 간다 또다시 만나자는 말은 하지 않는다 지키지 못할 약속을 하는 것은 예의가 아니다 작은 가능성도 남기지 않는다

걷는 거리가 익숙하다 다 아는 곳 같다

각 노선이 막힘없이 연결된다 이렇게 늦은 밤까지 대중교통을 이용할 수 있는 나라는 없을 거야 사거리를 지나다 총 맞을 일도 없잖아? 살인율이 가장 높다는 멕시코, 멕시코를

곱씹다가

　스스로를 죽이는 나라와 타인을 가장 쉽게 죽이는 나라
중 어느 쪽이 좀더 나은 곳일까 생각하다가

　내려야 할 곳에서 내리지 못했다 다음 열차를 기다리며
에코백을 버렸다 원하지 않는 물건을 처치하는 데 돈을 쓰
는 건 무척 아까운 일이다 게다가

　친환경 소재 에코백은 잘 썩어 어쩌면 좋은 비료가 될 수
있고

　질 좋은 비료는 비옥한 토양이 되어 훌륭한 열매를 맺을
수도 있다

　빈 열차가 플랫폼을 빠르게 통과한다 달리는 열차의 소음
은 시원하게 갈리는 원두 소리 같구나

　쇠 타는 냄새

불합리한 구조조정에 항의하던 사람이 서울 한복판에서
칼을 휘둘렀으나 부상자는 0, 사망자는 한명뿐이었다고 한다

전쟁과 테러

사진을 관람하려면 순서를 지켜야 했다

사람이 많았다

'뜨거워요 제발 저를 구해주세요'

따라 읽는다

네이팜탄에 옷이 불타 찢긴 소녀가 벌거벗은 채 카메라
앞으로 뛰어들고 있다 그 옆에 걸린

아이는 미동이 없다 뒤엔 독수리 한마리

안아주지 못해서 너무나 너무나 미안했다*

새를 쫓아내고 나무 아래서 울던 남자는 스스로 목숨을
끊고

내일 전선으로 돌아갑니다 저는 아직 죽을 준비가 돼 있

지 않아요** 말한 사람은 어느 날

살해된 채 발견된다

매끈한 신체들이 이어진다

화살표를 따라 쭉 나아가면 어둠이 끝나고 다시

환한 빛,

장막을 걷고 나온 사람들이 플래시를 터뜨린다

포토 존에서 기념사진을 남기려면 자신의 순서가 올 때까지 기다려야 한다 차례차례

열리는 셔터

웃는 피사체

마음껏 전시한다

새비징*

쥐를 죽이는 것이 직업인 사람은 어느 날 궁금해졌다 쥐
의 숫자를 불리고 불리다가 먹이를 전부 빼앗으면 무슨 일
이 벌어질까 쥐덫을 놓듯 그는 참을성 있게 기다렸지만 모
든 쥐를 말살할 수는 없었다고 했다 그것의 왕성한 식욕과
번식력 때문에 쥐의 미래는 지나치게 밝다 고로 내가 죽을
때까지 직장을 잃을 염려는 없다 그가 결론에 도달했을 때
어두운 밤 쥐떼는 감은 눈을 뜨고 마침내 물탱크에서는

시체가 떠올랐다

---

* 먹을 게 부족하거나 비정상적인 스트레스를 받으면 새끼 몇마리
를 죽이거나 잡아먹어 무리를 보호하려고 하는 늑대의 행동.

크럭스

창문에 매달린 실거미를 보면

툭, 가지 끝 물방울을 털듯

떨어뜨리고 싶어져

아래로

더 깊은 낭떠러지로

내리치는 빗방울, 끝없이

흘러드는 빗줄기

눈동자

쉴 틈 없이 때리는

다정한 말

힘을 빼 그러지 않으면 더 아파

멍든 낙법

자세

더 잘 배울 수 있을까

끝까지 매달렸어야 했을

송곳처럼

손발의 힘을 모았어야 할

푸른 암벽

층간소음

이사 온 날 윗집 사람은 문을 두드렸다 아이가 셋이에요 이해해주세요

둘은 쌍둥이, 한 아이는 이제 막 돌이 지났다 물을 데운다 나는 기다린다 아이가 학원에 가거나 울다 지쳐서 곤히 잠 드는 시간을 드륵드륵

분쇄기에 커피 원두를 가는데 벨이 울린다 아랫집이다 얼마 전 큰 수술을 했다는 여자는 수시로 벨을 누른다 앙상하다

조용히 좀 해주세요 제발 저 좀 살려주세요

더는 안 돼요 이러시면 전 집에서 걷지도 말아야 해요

문을 걸어 잠근다 여자가 운다 소리가 벽을 타고 넘친다 엉망진창, 머리가 다 울리는데 물은 끓어 넘치지 않는다 언제나 절정에서 불이 나가버리는 포트처럼

책상에 앉아 책을 펼친다 스트레치카, 주인공은 벌거벗겨

진 채 병원 시체 처리 욕실에서 필사적으로 호흡한다 운반꾼이 죽은 사람들을 실어 나른다 빈자리가 부족하다 그는 더이상 기다릴 수 없고

아주 잠시 주인공이 호흡을 포기했을 때

공사가 시작된다 다 뜯어고쳐야 해요, 건물주 대신 모자를 눌러쓴 업자가 동의서를 받아 갔다 그래야 더 비싼 값에 집을 팔 수 있다

계단이 울린다 바깥에서 안으로 인부들이 골조를 실어 나른다 녹슨 걸쇠, 창문을 열면 더 많은 집들이 보인다 귀를 찢듯 앰뷸런스가 순식간에 멀어진다 크게 숨을 들이쉰다 약속이라도 한 것처럼 모든 소리가 한꺼번에 멈추고 나는 최대한으로, 발걸음을 죽인다

이사

사내들이 있었다 그들의 손에서 나의 책상이 화병이 침대가 옮겨지고 있었다 옷장은 어디에다 둘까요? 침대는 어느 쪽으로요? 사내는 묻고, 옷장은 안방 가장 큰 벽에요 침대는 북쪽으로 놔주세요 손을 휘저으며 망설임 없이 답하는데 내 앞에서 부주의하게 화병과 접시를 하나하나 깨뜨리고 탁자를 밀어버리는 저 사내는 무엇일까 내가 엊그제 부르고야 만 사내가 정말 저 사람이 맞는 것인가 의심스럽고 앞뒤가 뒤엉키는데 왜 이렇게 익숙한 냄새가 나는 걸까 와장창 깨지는 유리, 무너지고 박살 나는 소리는 어째서 이토록 부드러운 걸까 깃털 베개에 머리를 파묻고 싶은데 잠에 걸려 의자처럼 와르르 넘어지고 싶은데 약속보다 가구가 너무 많잖아요 이건 내가 넘겨받은 하청계약서와 달라도 너무 달라 돈을 더 줘 터질 것처럼 화를 내는 사내의 얼굴 뒤로 또다른 사내의 얼굴이 겹치고 겹쳐져서 한데 뭉개지는데, 이건 도저히 사람의 얼굴이라고는 할 수 없는데 멍이 들도록 손목을 꽉 움켜쥐는 이 힘을 어찌할까 내가 도장을 찍고 돈을 넘겨준 사내는 누구였을까 뼛속까지 조여오는 이 힘은 어디까지 날 파고들 작정인지, 뚝뚝 녹으며 상한 냄새를 풍기는 저 음식물을 어서 냉동실에 넣어야 하는데 옷장에 정리해야 할

옷들이 산더미인데 사내들은 거실 한복판에 깊은 맨홀이라
도 있다는 듯 함부로 짐을 쑤셔 넣는다 내가 사내에게 손목
이 잡혀 있는 동안에 멍이 더 큰 멍으로 번져가는 동안에 가
구들은 엉뚱하게 배치되고 활짝 열린 대문을 타고 밤은 밀
려온다 덩그러니 버려진 동전처럼 바닥에 앉아 나는 끝까지
공손했다 되도록 말을 삼갔다

표백

깨끗이 씻어놓은 물컵이 그대로고 네가 지난여름에 사 온 식물의 이파리가 여전한데

사이렌 소리가 끊이질 않았다 저것 좀 봐

화염에 휩싸인 건너편의 목욕탕을 가리키며 누군가 말했고, 저기 내 친구가 있어요 침묵하는 사람이 있었다 조금 더 먼 곳에서는 태극기와 성조기를 나란히 흔드는 사람들의 행렬이 이어지고 있었다

너희는 빨갱이다 너희들은 빨갱이다

확성기 소리가 울려 퍼지고

길이 좁아요, 차들이 너무 많아요 어쩔 줄 모르는 여자의 머리 위로 바람이 불기 시작한다 매섭게 불길의 방향을 바꾸며 검게

더 검게 건물의 외벽이 그을음으로 뒤덮일 때

어디야? 내가 보낸 사진 봤어?

발걸음을 멈췄던 사람은 다시 걷기 시작하고, 뒤늦게 건물을 향해 물줄기가 발사된다 난간이 식는다 사람들이 모였다가 흩어지기를 반복한다 불길이 다 사라질 때까지

돌아오지 않는다

열 손가락의 손톱을 다 깎고 화분에 물을 주며 이상도 하지, 이렇게도 잘 자라는 것이. 흙이 차갑게 식고

잊는다

창문의 개수는 세개다 식탁은 한개, 전부 그대로다

동락

남한군이 북한군을 처음으로 전멸시킨 곳이라 했다 운동 장엔 북한군이 바글바글했고 장갑차와 야포들이 노상을 가 득 메웠다고 했다 한여름 몇백년은 산 것 같은 나무 아래서 어둠이 깔리기 전 총성이 한발 울려 퍼졌다고 했다 이어지 는 소총 세례 집중사격, 옷을 벗어둔 채 단잠에 빠진 북한군 은 속수무책이었다고 했다 피로 운동장이 물들고 시체들이 한가득이었다고 했다 쏘고 또 쏘고 적이 섬멸될 때까지 몇 백년은 산 것 같은 나무 아래서 할아버지는 값지고 값진 최 초의 승리였다고 했다 나는 운동장 한가운데 서 있었다 앞 으로 나아가도 운동장이 계속되었다 할아버지 이제 집으로 가요, 아무리 붙잡고 흔들어도 할아버지는 좀처럼 움직이지 않았다 전승비처럼 딱딱하게 굳어갔다 한여름 밤 몇백년은 산 것 같은 신비로운 나무 아래서의 일이었다 그 덕택에 지 금 네가 거기에서 흩날리고 있는 게야, 눈을 뜨면 피 묻은 초 록 잎사귀가 흔들리고 있었다 어지럽게 수업 시작을 알리는 종소리가 울리고 아이들이 실내화를 탈탈 털며 내 머리맡을 스쳐 갔다 할아버지 혹시 사람을 죽여본 적 있어요? 묻지 못 했다

국경일

전광판 너머로 끝도 없이 늘어선 묘비가 보였다 사람들이 나란했다 가지런히 놓인 꽃다발처럼 병사들이 포탄을 쏘아 올렸다 무덤을 향해, 죽은 사람을 기리며

한 사람이 단상에 나와 연설을 시작했다 그는 나라를 대 표할 수는 있으나 도무지 무슨 말을 하는지 알 수 없었다 화 면에서는 소리가 전무했으므로 건너편에서

예배 시작을 알리는 종소리만이 또렷하게 들려왔다 쉼 없 이 신호가 울리고 경적이 울리는 동안에도 고개를 숙인 사 람들은 고개를 들 생각이 없어 보였다 이따금씩

검은 옷을 입은 사람의 얼굴이 클로즈업되었다가 멀어졌 다 교차되었다 또다시 묘비였다 일렬종대의 병사였다 이어 지는 포탄 세례였다 모두가 똑같은 경례였다

멋지지 않니, 광장 게양대에서 거대한 국기가 펄럭이고 있었다 고궁 앞에서 사람들은 즐거워 보였다 카메라를 든 관광객처럼 매일 지나쳐버린 풍경도 얼마든지 재밌고 새로

워질 수 있다

　단상이 비고, 군악대가 나팔을 불면서 작은북을 두드리면
서 행진을 시작했다 기습하듯 전투기가 비행운을 그었다 그
것이 완벽히 지워질 때까지 화면은 움직이지 않았다 순서에
맞춰

　꽃다발이 이어졌다 발걸음이 계속되었다 조금씩 화면 밖
으로 사람들이 벗어나기 시작했다 이윽고 사라졌다 어딘지
모르는 바깥을 향해
　먼 나라에서는 모범수를 석방했다 국경일을 기념하며

금요일에 죽으니 얼마나 좋아
자식들 장례 치르기도 편하구
10월 3일이었지
그날은 날씨까지도 좋았어

제 2 부

지금은 상영할 수 없습니다

커트 피스

흐린 날씨다 철교를 따라 걸으며

나는 스스로에게 건강하게 살고 싶다고 말한다

사랑하는 이의 죽음과 연이은 불행

찢기고 찢긴

삶은 고통이었지만 예술은 그만큼 아름다웠다는 이야기

용기로 삼고 싶지 않다

등에 한가득 짐을 진 사람이 저 앞을 걸어간다

　오늘처럼 바람이 부는 날 뉴욕에서 쿠사마 야요이는 반품
된 커다란 작품을 들고 40블록을 걸었다

　어디서 네 작품을 볼 수 있니?

오랜만에 만난 이가 전하는 다정한 안부

시집은 구천원, 원한다면 인터넷에서 찾아볼 수도 있어
관람료는 없고 공짜야

말하고 길을 나서는

나보다 앞서간 사람이 시야에서 사라진다

보이지 않는 곳에서도 그가 계속해서 가고 있다는 믿음이
천천히 머리칼을 적신다 안개처럼

도시를 산책하던 아흔살의 쿠사마 야요이는 휠체어를 멈
추고 노트를 펼쳤다

문득 떠오른 작은 생각 때문에

무기력

요즘 나는 바싹 마른 잎 같다
가까이 다가가지 않으면 소리가 잘 들리지 않는다

하루 세번 약을 먹고 개와 산책한다
혼자에 가까워지고, 주기적으로 볕을 쬐는 일은 나의 건
강에 도움이 된다 그렇게 믿으며

공원에 도착한다

체조는 허파와 근육을 튼튼하게 만들어준다
믿는다 아무런 의심 없이
땅에 박혀 있는 벤치와 그 앞에 세워진, 적을 몰살한 전쟁
영웅의 동상을 믿는다 그것이 가져다준 평화를

한번도 깨진 적 없는 눈동자
무너질 듯, 넘어질 듯 자전거 핸들을 꺾는 아이의 등 뒤로
더는 날아가지 않은 비둘기

빛으로부터

동공이 시야를 열고 닫듯
울타리는 잔디를 계속해서 보호할 것이다

가두는 분수대를 뛰어내리는 물방울
물방울들
너무 가까이 가진 않는다

빌딩

알람을 끈다

부은 얼굴로 세수를 하고, 미리 데워둔 수프에 빵을 찍어
먹는다 밖은 아직 완전히 밝아지지 않았다
늘 어딘가 모자란 아침 식사처럼

집을 나선다 아홉그루의 가로수를 지나면 횡단보도다 빨간
불이면 멈추고 파란불이면 걷는다 신호는 명료하고 간단하다

대기한다
7시 47분이면 서울역으로 향하는 열차가 나를 도착지까지
데려가줄 것이다
절대 내리지 않을 것이다
손잡이를 붙잡으며 무더기로 흔들린다

버틴다

지상에 닿기 위해 에스컬레이터를 타고 오르면서
싱크홀처럼

푹, 가끔은 발판이 저 밑으로 꺼져버리기도 한다지
기적의 확률로

기계 속으로 빨리고 빨려 들어가는

6번 출구로 나가면 큰길 우선, 가장 빠른 경로로 갈 수 있고 빌딩과 하늘로 이루어진 전경은 나쁘지 않고 숨통이 트인다

들어갈 입구를 향해
똑바로 걸으면 어느 한 점에 더 가까워지고 있다는 확신이

회전문이 정확히 원을 그린다

신속하게
바람은 일시적 무풍 상태

입었던 옷을 차곡차곡 벗어, 돌아가 다시 눕는다면 가만히 몸을 기다린다면 덜 춥겠지 어쩌면

전환

커트는 생각보다 비쌌다

한번에 세벌씩만 피팅 가능한 아울렛에 가서 옷을 골랐다
목 가에 주름이 잡힌 블라우스와 니트를 입었다가 벗으면서

열심히 옷을 갈아입었다 속옷 차림으로

나와 가장 어울리는 것을 가져보려고

푸드코트를 한바퀴 쭉 돌았다 어디서 나는 냄새인지 구별
이 갔다 냄새만으로도 배가 불렀고 바닐라 맛 마카롱 향이
가장 좋았다

코너를 돌면 쇼핑몰이 이어졌다 팔리지 않는 옷들이 산더
미였다 하나하나 입어보고 싶지 않았다 그 생각이 들었던
게 왜 미안했을까

다리가 아파서

앉을 곳을 찾았다 서점 바닥에 앉은 것은 이상해 보이지 않았고 적당히 숨어 있는 느낌이 좋았다 안경의 초점이 맞지 않아 서가에 기대 조는 사람들이 하나처럼 흐릿해 보였다 조명이 눈부시게 하얬다

펼쳐 든 책은 잘 이해가 되지 않았다

상류사회에 속한 남자는 세계 곳곳에서 들여온 보석들로 가득 찬 부모의 집에 공포를 느꼈다 그는 두칸짜리 작은 집에서 평생을 독신으로 살다 죽었다

자른 머리칼이 눈가에 남아 따끔거렸다 새로 산 블라우스는 목이 꽉 껴서 숨을 크게 들이쉬어야 했다 역시 세일 상품에는 이유가 있지 혼잣말하면서

자리에서 일어났다

목덜미의 불편함을 받아들였다 생각 속에서 남자를 붙잡지 않았다 미안하지 않았다

그는 누구의 이해도 원하지 않았고
서가에 비친 그림자와 언제나 하나였다

지금은 상영할 수 없습니다

밥을 먹습니다. 숟가락으로는 밥만 떠먹습니다. 가슴을 두드리거나 눈물을 모으지 않습니다.

촛농처럼 젓가락을 녹이지 않습니다. 두 손 사이로 끈적이며 흐르는 것이 무엇인지 궁금해하지 않습니다.

양손을 뗍니다. 지금은 땀 흘리는 사람만 연기합니다. 흰 접시를 가만히 내려보다가 멍하니 함부로 이목구비를 쏟지 않습니다. 차분하게 검은 포도알을 씹어 먹습니다. 포도는 *검은빛일수록 당도가 우수합니다.* 이빨로 톡 터뜨리면 잘 터집니다. 한쪽 접시에 쌓여가는 껍질들. 검을수록 당도가 우수하다. 곡해하지 않습니다.

티브이를 켜면 눈동자가 빛납니다. 자막이 흘러갑니다. 빠르게 빠르게 자막을 따라 읽다보면 분명 소리를 냈는데 자막은 교체되고, 삭제되고, 없어지고 더 빨리 외쳐야 할 것 같은데 전부 다 휩쓸려 가버려.

꺼진 화면의 정지. 기포처럼 다시 떠오르는 얼굴.

열개의 손가락. 온몸의 물을 토해내지 않고 다 잠가버렸는데, 또다시 흰 접시 앞입니다. 접시에는 음식이라 불리는 것이 담깁니다. 유리잔 안의 물은 파도가 아닙니다. 침묵과 비명은 다릅니다. 비명과 침묵을 혼동하지 않습니다.

파손 주의

방은 집에 담깁니다. 집과 집은 한꺼번에 무너지기 쉽습니다. 그래서 같이 무너졌습니까. 목소리에 쩍쩍 금이 갔습니까. 따뜻한 김 속에 얼굴을 넣고, 손가락을 하나씩 접으면서 내가 먹은 포도알의 개수를 궁금해하지 않는 사람. 오늘의 자막을 모르는 사람. 찬물만 벌컥벌컥 마시고 쿵 쿵 가슴을 치고, 유리창을 봤는데 새들이 다 피해 갔어. 어떻게 피했을까. 이젠 정말 다 분간이 돼.

검게 물든 이빨로 바닥에 엎어져볼까. 멀쩡하게 세수를 하고, 반대편에서 걸어오는 사람과 어깨를 치며 걸어볼까. 문질러도 흐릿해지지 않는 얼굴을 하고서

울 마음이 없어서

웃는 사람.

세번 울어라

어린 암탉아

삼일에 한번 매질을 당하는 바싹 마른 북어 같은 소녀야
자랑스럽게 세번 울어라

그러면 집안이 망하고 온 세상이 다 망할지어니

밤길 나설 때

한줌의 진실을 머리에 감고 집을 떠나는 소녀야 어서 자
라라 어서 자라

세 여자가 한곳에서 만나면 단검처럼 맞댄 진실이 전장을
베고

적도에도 기적처럼 눈이 내려

체스판처럼 쪼개진 영토도 눈발에 덮여 모두 다 사라진다
신이 만든 실패작아 따먹힐 작은 열매야 어서 자라라

어서 자라 더 큰 실패작이 되어라 땅을 향해 내리꽂히는
낙과가 되어라 네가 입을 열면 열 때마다 접시가 깨지고 서
리가 내리고 온 세상이 부끄러워 망신할 것이니

　그 누구도 길들일 수 없는 짐승아 악마가 빚은 천사야 더
크게 울어라 십리 밖에서도 네 목소리를 들을 수 있게 대지
가 흔들리고 땅이 갈라지고 온 세상이 멸망할 때까지 서로
의 이마와 이마를 맞대고 기꺼이

　웃어라 암늑대는 죽어서도 제 말을 하면 다시 찾아와 자신
의 무리를 끝까지 지킨단다 *살아 있는 딸들의 울음을 찾게
하소서* 어둠 속을 헤치며 십리 밖으로 달리고 또 달린단다

어항

치어가 알을 삼키는 것을
물고기가 물고기를 삼키는 것을 본다

가만히 지켜보기만

하루가 다르게 앙상해지는 것 같다
더는 빠질 살이 없는 것 같은데도 그렇다

나의 걸음이 지나치게 흔들리는 이유는
다리 힘줄을 감쌀 지방이 없기 때문이라고

음식으로 치면 담백한 것,
부드럽고 부드러워지기 위해

더 많이 먹어야 한다
물고기를 삼키는 물고기
인간을 삼키는 인간
너를 먹는 것 같아서

음식이 무서워지기 시작했다

다 안다
코너에 몰리기 시작하면 끝이라는 것을
떠오르는 숨
공중에 풀어지는 물의 감촉들
툭,
힘을 놓았는데

멈춰 설 때가 있다

넌 너무 예민해
왜 이렇게 필사적으로 걸어? 모두 평온한 표정인데……
갓 닦인 포장도로의 보드라움
살냄새로는 착각하지 않을 것 같다는 생각

이제 나는 그 말을 칭찬으로 볼 줄 알고
나의 날 섬이 너의 말을 베고 갔으면 좋겠다

어항을 삼키는 어항

집을 삼키는 집

잘 도망쳤으면 좋겠다

그래서 살 수만 있다면 다 살았으면 좋겠다

유리벽에는 더 큰 유리벽

콘트리트에는 더 크고 차가운 얼음 콘크리트

이제 나는 너의 건너편에 비친 내 얼굴이

가장 평온할 것임을 안다

두껍고, 두꺼운

유기

네가 뒤따라온다

나는 허리께까지 자란 들풀을 헤쳐 길을 만든다 소매에 풀물이 든다 나의 발끝에선 풀이 꺾이고, 꽃잎이 터지고, 언덕이 미끄러진다 너의 발끝에선 풀이 자라고, 꽃이 피고, 언덕이 일어선다

나는 그것이 불편하다

널 버리겠다 널 버리겠다는 마음을 품었다는 이유만으로 나무는 순식간에 벌목되었다가 다시 자라 내가 걷는 모든 걸음을 지켜본다 혹독한 증인처럼 뒤를 돌면 어느새 너는 내 발밑에서 죽어버린 것을 죄다 그러모아 품에 안고 있다 숨을 불어 넣고 있다

너의 손을 딛고 작은 새가 날아간다

나는 그것이 불편하다 견딜 수 없다 나는 뒤를 돌아보지 않고, 더 빨리 걷는다 너 역시 걸음을 더욱 빨리한다 너는 결

코 증발하지 않고, 사라지지 않는다 너는 실종되지 않고, 불
타지 않고, 넘어지지 않는다 네가 계속해서 일어나고 있다
죽은 꽃이 다발로 만발하고 있다

내 발밑에선 자꾸 어린 양이, 어린 풀이, 어린 바람이 죽
는다

나는 오늘 반드시 너를 잊을 것이고 결코 네가 날 앞서게
하지 않을 것이다 이끌리지 않을 것이다 노을이 지고 있다
나는 혼자 돌아갈 것이다 어둠이 내려앉은 도로를 플래시로
비추고 비추면서, 네가 뒤따라오는지 확인하고 또 확인하
면서

네가 어떤 생각에 불을 지필지 추측하지 않을 것이다 나
는 너를 뼈대만 남은 극장 앞에, 몰락한 사거리에, 황폐해진
펄 중심에 데려간다 내가 걸음을 멈추면 넌 여기니 여기까
지니 묻고 그러면 나는 다시 걷고 걸어 사람이 떠난 마을로,
더는 열매를 맺지 않는 사과나무 그늘 아래로 널 데려간다

걸음을 멈추면 멈출 때마다

나는 널 버리는 데 얼마만큼의 시간과 장소가 필요한지
새까맣게 잊어버리고

다시 걸으면

여기니 여기까지니 묻는 너의 목소리가 자꾸 날 앞지른다

셰플레라

시가 안 써진다는 이유로 홍콩야자라 불리는

셰플레라 화분을 샀다

수건으로 잎을 닦아주면 윤기가 생겨

관상하기에 좋다고, 가게 아주머니가 말해준다

덧붙여서 물과 음지를 좋아한다는 것도

깨지지 않게 품에 안고 가세요

유리문이 닫히고

깨뜨릴까봐, 나는 품에 안고 조심조심 걸어간다

그렇게 하면

뭔가가 써질 것처럼

시가 눈에 보이는 것이었으면 좋겠다 싶다가

마음을 고친다 시가 눈에 보이지 않았으면 좋겠다

시가 눈에 보인다면 나는 그것을 바라보는 데 전부를 쓸
것이다

첫날에는 물만 흠뻑 주고 삼일은 지켜보기만 하세요

그 말을 몇번이고 곱씹는다

나의 너무 많은 최선이 식물을 괴롭히지 않도록

거리를 둔다

조명을 어둡게 한다

나는 그것이 잘 자랐으면 좋겠다

홀

우산을 펼친다 넘치는 인파와 쓰레기, 아스팔트에 고인 빗물을 쪼는 비둘기떼 사이에서 퍼지는 하수구 냄새

상상한다 깨끗하게 삼켜질 이 도시를

비둘기 한마리가 내게서 시선을 거두지 않는다 비둘기와 나는 사이좋게 병든 것 같지만 이런 생각은 실례 같다 날개가 있었다면 나도 빗물에 씻겼을까 안전선이 둘러진다

불탄 잔해들이 한곳에 모여 있다 파고 부수고 파고 부수고 이미 다 부서졌는데, 무엇으로부터 보호한다는 걸까

나는 비껴간다 내가 걷고 있는 이 거리로부터, 도시로부터 멀리 더 멀리 극도로 비껴가고 싶은데

어른들은 다 어디로 가고요? 우리가 살고 있는 도시를 사랑하면 어떨까요?

벽 앞에 선 소년을 티브이에서 보았다 광장에서 우산을

펼쳐 든 채, 소년의 주위로 사람들이 모여들고 있었다 거대
하게 제 안을 불태우며 중력을 견디는 항성처럼

　폭발한다

　어떤 충돌은 반드시 우리에게 닿는다 십억년이 지나서도,
온 우주를 파장으로 뒤덮으며
　안으로 무너진다 더 작게, 아주 작은 하나의 점으로 응축
될 때까지 폭발을 멈추지 않는다

　우산을 접는다

　오늘은 비를 막았다
　내일은 이것으로 무엇을 막을지 알 수 없다

　기어코
　소년의 등을
　적시고야 마는 빗방울

터지며
함께 삼켜지는

빛,

밖에서 보면 텅 빈 어둠일 것이다
그러나 안이라면

제 3 부

양 눈에 가득 담긴 구름의 방식으로

あなたが日本人だったらもっとよかったのに

아나타가니혼진닷타라못토요캇타노니 그가 반복해서 말할 때 나는 백미러 너머로 누군가 의도적으로 죽인 듯이 버린 듯이 누워 있는 캥거루 사체를 보았다 캥거루 사체 위에 또다른 사체 하나가 또다른 사체 위에 또다른 사체 하나가 꽃잎처럼 겹쳐지는 것이 꼭 아는 이의 얼굴인 것 같아서 눈을 꼭 감았다

러프 컷

축하는 축하를 해줄 수 있는 사람에게 받자
슬픔은 슬픔을 나눠 가질 수 있는 사람에게만 말하자

언젠가부터 나는 혼자 말한다

최악과 최고의 일이 동시에 벌어지자
사람들이 떠나간다

기쁜 거 아냐? 최악의 일만 벌어진다고 생각해봐
수화기 너머로 들려오는 목소리를 끊는다

나는 믿는다 미래에 올 당신들을
사랑한다
우주와의 아브라쏘
두 눈을 짓밟는 구둣발의 방식이 아니라 양 눈에 가득 담
긴 구름의 방식으로

원 투 쓰리 프러시안 포 피루엣
춤추기 위해

슬픔은 혼자서만 하자
넘치는 기쁨으로
홀로 빛나자
내가 내 마음을 미워하는 날에도

백지를 잘라 꽃다발을 만들 수 있다
그 꽃을 심어 거대한 공중정원을 만들 수 있다
내 얼굴에 흐르는 금을 수평선으로 알고 헤엄쳐 오는 범
고래에게
바다는 저쪽이야, 말할 수 있다

빈방에서
몇번이고 몇번이고
뒷모습을 보이고 돌아서고 정면으로 내게
다시 올 당신들과 아브라쏘

피루엣 포
프레스 식스 세븐 에잇

트럭처럼 들이받고 들이칠, 넘치는 장미가 내 몸 안에는
많다

버닝

들여보내줘요.

당신 문 앞이었다. 문은 굳게 닫혀 있었다. 두번 다시 열릴
것 같지 않은 문이었다. 높고 차가운. 들여보내줘요. 간절히
문을 두드렸다. 내 목숨이 당신에게 달려 있을지도 몰랐다.
언덕 위 불길이 거세졌다. 어쩌면 당신이 기꺼이 문을 열어
줄 수 있을지도 몰랐다. 모닥불 안쪽 자리를 내주고 먹다 남
은 구근의 뿌리를 내주고…… 바람에 밀려온 재 가루가 눈
을 찔렀다. 희망을 걸고 싶었다. 잔뜩 충혈된 눈으로. 이승에
서는 두번 다시 열릴 것 같지 않은 문이었다. 지문이 닿는 줄
도 모르고

문을 두드렸다. 아무런 흔적이 남지 않는 줄도 모르고 문
을 두드렸다. 믿음을 가지고 싶었다. 이 세상에선 다신 열
릴 것 같지 않은 묵직한 문이었다. 높고 차가웠다. 문이 안팎
으로 자라는 것 같았다. 두꺼워지고 있는 것 같았다. 당신과
나 사이가 멀어지고 있는 것 같았다. 문을 열어줘요. 언덕에
서 피어난 불길은 식지 않고 전진했다. 어디까지 불탈 수 있
는지 지켜보자고 불을 지피는 사람들이 있었다. 빗속에서도

66

꺼지지 않는 불이 있었다.

　얼음송곳을 쥐었다. 피투성이 손으로 문을 긁었다. 당신
은 숨죽이고 있나. 아니면 이미 오래전에 떠나버렸나. 빛 한
점 흘러나오지 않는 문틈 사이로. 내가 너무 늦은 것은 아닌
가. 불이 빨라지고 있었다. 어떤 곳이든 태울 것은 족함이 없
다 외치는 그들은 미친 것 같았고. 땔감처럼 타들어가는

　당신의 문 앞이었다. 어쩌면 당신이 문을 열어줄지 몰랐
다. 지하 창고를 내주고 당신의 꿈이 밴 요를 내주고 피투성
이가 된 손에 붕대를 친친 감아줄지도 몰랐다. 그 손이 아물
때까지 밤을 지새워줄 수 있을지도. 모든 걸 걸어야 했다. 너
무 오래 문을 두드려서 손은 사라져버린 것 같았다. 부서진
손톱에 감각이 없었다. 당신은 이미 떠났다. 아니면 문 뒤에
서 숨죽이고 있나. 도무지 열릴 것 같지 않은 문이었다. 문은
지나치게 커서 혼자서는 열 수 없어 보였다. 손을 놓았다. 희
망을 걸었다. 죽으면 열리는 문이었다.

알전구

깨진 유리알 그럼 돈을 내면 돼 흑인 여자가 내 손을 잡아
끄는 사이 핸드폰이 없어요 어떡하죠 가이드는 난감한 표정
을 짓고 아 유 해피 남아공에서 잃어버린 물건을 찾는 건 기
적에 가까운 일이에요 누군가 카운터에 맡기고 갔어요 자
어서 식사를 시작하세요 자칼 악어 고기 백인 여자 사이 요
리사는 유독 내 앞에서만 오래 오믈렛을 굽고 다 탔어요 쫓
기듯 올라탄 시티투어버스 해변을 따라 즐비한 저 주택은
얼마죠? 그런데 그전에 알아둬야 할 것이 남아공은 이민자
를 받지 않는 나라입니다 노동인구 자원 넘치거든요 자유시
간입니다 메인 스트리트 벗어나지 마세요 정말 위험합니다
총을 들고 헬로우 나를 향해 똑바로 걸어오는 저 남자를 피
해 어떡하지 생각하는 사이 신문 파는 흑인 여자는 자꾸 앞
길을 막고 그런데 백인들은 다 어디에 있죠? 이 지역은 백인
거주 지역이 아닙니다 물가 정말 싸네요 한달 생활비 적게
들겠어요 주목하세요 여러분 우리가 서 있는 이 해변에서
최근에 유색인종이 쫓겨나는 일이 한바탕의 시위 끝에 인종
주의 깨끗이 씻겠다는 뜻으로 양을 수십마리 도살 도살 도
살 곳곳에 마른 피 보이죠? 동물애호가의 반대 시위로 아직
도 어수선한 분위기가 남은 해변을 지나 반짝이는 상점 문

을 여는 사이 웨얼 아 유 프롬 미소 짓고 묻겠지만 여기까지
왔으니까 책갈피와 마그넷이 가득 담긴 바구니를 들고 바라
보는 바깥 사라졌다 나타나는 전구 빛 점멸 어디서든 눈에
띄는 피부색 조금은 외로운 노우 차이니즈 아임 코리언 말
할수록 입안에서 터지는 한국

여자는 시베리아허스키를 키울 수 없다

짓밟히고 있었다 어디까지 부서지고 망가질 수 있을까 조각날 것이 내 몸 안에 이렇게나 많다니 *날갯짓해봐 어디 한번 바깥을 탐내봐* 부딪히고 부딪히면서 *꼿꼿이 고개 들고 다시 한번 도망쳐봐 어서*

달리는 중이었다 전속력으로 숲을 헤치고 사랑하는 개와 멀리 더 멀리 뛰어, 사내들의 웃음소리가 총성처럼 몰려왔다 *여자는 시베리아허스키를 키울 수 없다*[*] 여자는 시베리아허스키를 턱수염을 쓸어내리면서 사내가 망설임 없이 총을 꺼낸다 제발 시체만이라도 데려가게 해줘요 시체만이라도 눈동자가 푸르다 감기지 않는다

잎이 차분히

가라앉는다

포기해

여보세요? 시체를 포기해 맨발로 걸어가 반역자, 아무것

70

도 손에 쥐지 마 입도 뻥긋하지 마 쥐새끼처럼 마을을 떠나
그렇지 않으면, 또다시 미군과 말을 섞는다면, 통째로 날려
버리겠어 집과 함께 모조리 경찰한테 전화해 나도 궁금해
그들이 뭐라고 얘기할지 아직도 깨닫지 못했다면

　신고하고 싶어요 제 남자친구가 티브이에서 수배 중인 연
쇄살인마 같아요 마트에서 곧 그가 돌아와요 그 사람을 데
려가주세요 우리 집에서 제발

　네 무슨 말인지는 아는데요 신고가 전국에서 폭주해서요
그와 그와 그가 …… 너무 많아서요 끝도 없이 밀려들어서요
인력이 턱없이 부족합니다 죄송합니다
첫번째 순서가 아니세요
차례로 경찰차를 배치해드리겠습니다

기다리시면

기다리라니 알겠습니다 기다리겠습니다 경찰차가 올 때
까지 스스로를 지키겠습니다 맨몸으로, 정당하게 사이렌 소

리가 가까워지면 달리겠습니다 그것이 창문이라도 뛰겠습니다 벌써부터 심장 박동수,까지 발각,된 것 같은데 최대한 빨리, 와주기만 하세요 그가, 문을 두드리기 전에, 초인종 버튼이 부서,지기 전에, 그가 숲과 하늘을, 찢어, 열어젖히기 전에 도착하지, 않는다면, 당신이 뭐라도, 해주지 않는다면 *더듬지 말고 다시 한번 말씀해주시겠어요? 소리가 잘 들리지 않습니다 크게 말하세요 소용없어 지금 당장 와 주지 않는다면 죄송하지만 소리가 끊겨 알아듣기 어렵습니다 빠른 조치를 원하시면 인근 관할 경찰서로 연결해드리겠습니다*

---

* 아프가니스탄에서 여성을 위한 체육관을 운영하던 사바 바라크자이는 반려견과 등산을 갔다가 끔찍한 비극을 겪었다. 총을 든 남성들이 "여자는 시베리아허스키를 키울 수 없다"며 그의 7개월 된 시베리아허스키, '하늘'이라는 뜻의 이름을 가진 아스만을 쏴 죽인 것이다. 바라크자이가 소리를 지르며 쏘지 말라고 애원했으나 소용없었다. 그들은 곧장 푸른 눈동자를 가진 아스만의 가슴팍에 네발의 총을 쏘았다. 바라크자이의 자매인 세타예시는 우리 가족은 이번 '공격'으로 아주 큰 충격을 받았다고 BBC 인터뷰에서 밝혔다.

성지순례

구해줘요

불타는 건물 안이었다

꿈이 아니었다

식지 않는 박동처럼

난간의 떨림이 멈추지 않았다

몰려든 사람들의 입가가 전부 선명했다

*

어느 날엔 들판에 서 있었다

쇠창살이 두꺼운 우리가 하나씩 도착했다

이곳은 동물원이 된다

동물원이 된다

울음에 목줄이 채워지고

모여서 함께 웃고 있는 사람은

꼭 졸린 목 같다

*

꿈이 아니었다

온몸을 감싸는 파도의 물결이

뼛조각처럼 발톱을 파고드는

모래알의 뾰족함이 선명했다

살아남아라

징검다리처럼

공중에서 시체들이 하나씩 던져지고

나는 그것을 붙잡고 앞으로 나아갔다

*

눈을 뜨면 뭍

젖은 몸으로 해변을 기어 나왔다

꿈이 아니었다

어느 풍경에나 사람이 먼저 도착해 있었다

제라늄

넌 목이 꺾였지.

모두의 발에 공평히 짓밟혔다. 강의실 앞 화단이든, 집이든, 거리든 네 잎은 몰살의 흔적으로 범벅을 당했다. 네 목을 따라 울타리를 넘어오는 자들과

물구나무 자세로 마주했다. 홀로 혹은 같이

풍족했다. 네 형제자매의 묶음으로, 다발로, 사람의 이름으로 축하를 장식하거나 애도하기 위해서. 혹은 의미 없이 강물에 돌을 빠뜨리고 그 돌이 어떻게 되는지를 지켜보듯.

가장 손쉬웠다.

제라늄을 제라늄으로만 보는 건 모자라거나 초과하지 않았다. 배경에도 서 있지 않은 사람. 청소, 청소, 부수적 피해

학살의 불기둥 솟아오르고 파편으로 녹아내리는 유리창 너머에

넌 없었다고 한다. 임신한 여자가 유모차를 앞뒤로 흔드는
풍경 속에. 아이가 아이를 간지럽히고 풍선이 날아오르고
　　연인이 무릎을 꿇어 서로의 신발끈을 고쳐 묶는 잔디 아
래, 땅에 닿지 않은 채 공중에 흔들리는 나뭇가지와 그을린
광장, 덮어도 덮어도 끝이 없는 하얀 면포 아래

　자전거가 종을 울리며
　휙 휙
　짓밟으며 길을 낼 때
　휙 휙
　목 꺾일 때

　발끝에서 뻗어나간 그림자가
　더더욱 어두워질 때

　한걸음이 한걸음으로 완성될 때

　나는 똑바로 서 있었다

사랑의 모양

빛이 지나치다.

지나치게 네가 온다.
나는 구멍을 하나 가지고 있다.
언제든 널 숨겼다가 꺼낼 수 있는,

창에 기댄다. 체리처럼 번져오는 노을, 노을을 따라 전속
력으로 달려오는 사람, 색색의 플라스틱 빨대들. 그런 건 내
가 훔치고 싶은 것이 아니다.

숨기고 싶은 것이 아니다.

물을 튼다.
하루가 정직하게 차오른다.
보고 있어
한번은 말하게 된다.

수도꼭지를 돌리듯 네가 따뜻해진다면 좋겠다.

회오리치는 빗물 배수관의 소용돌이, 합쳐지는 꽃잎과 이
끼들, 구덩이를 가득 채우고 솟아오르는 빛의 입자들이
너는 아니지만

흠뻑 젖게 된다.

기댄다.

네가 아닐 리 없지.
그렇지 않다면 이렇게 숨막힐 듯 가득 찰 리가.

네가 둥근 잔에 입술을 댈 때

후드득 소나기가 내리고
벤치에 앉아 졸다 화들짝 놀란 사람은
신문지를 놓치고
아주 조금 젖지
아주 잠시 하늘의

기울어짐

네가 둥근 잔에 입술을 대어
한모금의 포도주를 넘길 때
쿵,
내려놓을 때

나무 아래서
잠자던 박쥐들은 갈증에 눈뜨고
입 벌린 악어가 있는
강물 속으로 뛰어들지 퐁당퐁당
못 견디지

네가 네 입술의 문양이 묻은 둥근 잔에
마침내 영원히 두 손을 뗄 때
배고픈 악어의 허기는 풍족해지고
피자두가 피자두로 익어가면서

지상으로 추락하는 폭발을 기다릴 때

나는 그 아래 서서 뜬 눈으로 입을 벌리지
네 잔과 내 잔이 부딪친
짧은 순간
깨지며 달아난 영혼의 총성을 듣지

잔이 넘친다
삼켜지다 만 젖은 박쥐떼가 떤다 떠오른다
내가 네 둥근 잔에 내 입술을 포개면

가정

소파는 크림색이 어때? 때가 덜 타는 검정이 나을까. 티브
이는 몇 인치를 사는 것이 좋을까.
너와 나 단둘만 볼 거라면 가장 작은 것이어도 좋지만

더 넓고 깨끗한 세계가 보고 싶어질 수 있으니까. 새털 같
은 함박눈, 자글자글 잠수하는 은빛꼬리 물고기, 소금사막.
지금은 없는, 어쩌면 생길 수도 있는 아이에게 그런 것을 보
여주고 싶진 않을까. 선명하게

확신할 수 있니. 너는 잠귀가 어두워서, 네가 잠잘 때 내는
소리가 얼마나 큰지 모르지. 나는 뒤척이니까. 서걱이는 이
불, 스며드는 가습기 연기에도 잘 깨니까. 말한 적 있나. 윗
집 사람은 새벽 두시만 되면 변기 물을 계속 내려. 그 소리가
끝도 없이 내 입속으로 빨려와. 생각해본 적 있어? 머리 위
에 있는 것이 터질 듯 부풀어오른 배수관이라는 거. 폭식한
사람의 위처럼, 쏟아질 것 같은데. 나는 있지, 가끔 네 숨소
리도 견디기 어려울 때가 있어.

그러니까 아주 커다란 침대를 사자. 서로의 윤곽이 마음

껏 흘러갈 수 있도록. 빛이 새어들지 않는 암막 커튼을 치고 너와 나의 손으로 두꺼운 벽을 만들자. 새하얀 페인트칠, 다 덮어도 될까. 그래도 될까? 얼룩 한점 없는 벽지, 속을 파고 드는 곰팡이, 명료하게 구분되는 네 옷과 내 옷. 한번도 헷갈린 적 없다.

집이 자랄 수 있을까. 너는 나의 배에서 한 아이를 발견하고, 그 아이는 너와 내가 낳은 아이여야만 하고, 네 성을 가져야만 하는데. 나는 자꾸 너의 어깨 너머로 열린 문을 보지. 내가 낳지도 않은 아이를 상상하고, 무수히 사라진 너와 내가 될 수도 있었던 사람들을 생각해. 들어오는 사람이 없다. 창 너머 창이 너무 많다.

셀 수 없는데, 내 손을 잡고 있는 건 너뿐이지. 식탁은 4인용이 좋겠어. 각방에는 각자가 좋아하는 그림을 걸자. 의자에 올라가 못을 박는데 도무지 벽에 심어지지 않는다. 탕, 탕 균형을 잃었다가 회복한다.

그림이었다.

사람이 심은 건물이 건물을 뚫고 자라는,

벽이 줄어든다.

여진(餘震)

　그가 피아노를 친다 쓰나미에서 살아남은 피아노*를 저는
이제 인간이 조율해놓은 피아노 소리보다 파도가 되돌려놓
은 이 소리가 더 자연스럽게 들립니다 그가 건반에 두 손을
올린다 부드럽게 매만진다 초토화된 마을에서

　피아노를 친다 계속해서 물살에 잠겨 썩어버린 피아노를
퉁퉁 불어 현이 뜯겨 나간 피아노를 음이 이탈한다 짧게 울
리다 멎는다 아이들이 전부 사라진 음악 교실에서 골조가
훤히 드러난 해일이 휩쓸고 간 폐건물에서

　연주가 잦아들지 않는다 나는 왜 그 소리에 붙들려 있는
지 쓰나미에서 살아남은 피아노 쓰나미에서 살아남은 피아
노 매달린 페달처럼 왜 자꾸 혀끝에서 맴도는지 축축하게
땀에 젖어 열병에 시달린 것도 아닌데 땅에 기대 갈라지며
불면을 앓은 것도 아닌데 건물은 흔들리다 무너지지 혼자서

* 사카모토 류이치.

85

제 4 부

눈물이 무한대로 가득 차서 우리는 부력으로 떠오를 수 있다

유리로 만든 관

폭우가 내린다

욕조에 눕는다
피부가 하얗게 저물어간다
지워지고 지워지다 사라질 수도 있겠다

나의 질량으로 당신이 넘쳐흐른다 수조의 돌고래가 되는
일은 한 인간이 평생토록 욕조 안에서 죽어가는 일 손끝으
로 물을 휘젓는다 당신의 표정이 부드럽다 눈물이 무한대로
가득 차서 우리는 부력으로 떠오를 수 있다

당신과 오래 누워 있으면
해부된 생쥐처럼
금방이라도 쏟아질 것 같다

잘 보관된 표본
감정은
단정하다

폭우가 내린다 나와는 무관하게 손목과 다리가 썻기고 밤
은 익어간다 당신이 차려놓은 꿈속으로 나는 빨려갈 것이다
빗물이 차오른다 몸이 떠오른다 당신이 가득하다

큰 새장

이것은 정말 지루한 책이다 그는 첫 단락을 읽는 순간부터 그것을 직감했지만 독서를 그만둘 수 없었다

왜 책을 덮어버리고 자리에서 일어날 수 없을까 이유를 알고 싶었기 때문에 그는 계속해서 책을 읽어나갔다 지루한 책이 더 끔찍하게 지루해지길 바라면서

그가 읽는 책에서는 바순처럼 낮은 음조로 노래하는 새 한마리가 등장했다 그 새는 목은 길지만 늘 움츠리고 있었고 잘 날지 않아 어디에서도 눈에 띄지 않았다

눈에 띄지도 않는, 여간해서는 지평선을 날아오르지도 않는 새를 책은 끝도 없이 묘사하고 있었다 새의 몸을 가로지르는 검은 세로줄 무늬가 얼마나 제각각인지 갈대와 갈대 사이를 걸을 때 진흙을 꽉 움켜쥐는 발톱은 또 얼마나 날카로운지 읽다보면 가끔은 그가

바순의 음조로 낮게 우는 그 새가 된 것 같기도 하였다 그 순간은 책 귀퉁이를 쪼개는 빛의 움직임처럼 아주 잠시였을

뿐이지만

　책은 언제나 새 한마리에 대해서만 이야기했다 거기에는 멸종위기에 놓인 개체수의 슬픔이나 인생에 대한 어떠한 알레고리도 존재하지 않았다

　정말 지독한 책이야, 안락의자에 파묻혀 그가 책의 무의미함에 감탄할 때 어디서 들려오는지 알 수 없는 기척을 느끼며 새는 전방을 주시하고

　잠을 이기지 못한 그가 졸린 눈을 비비며 침실로 향한다 책이 닫힌다 남자가 놓아준 갈대숲이 소란스럽다 새는 접었던 날개를 활짝 편다 공중을 활강한다 진흙을 더 세게 움켜쥐며 어디에서도 들을 수 없는 음조로 노래한다 바순보다 낮게

　"진흙과 곱게 간 잿빛 돌이 주재료임이 분명한 그 새의 둥지는 아직까지 한번도 발견되지 않았으며, 어느 누구도 갈색 부리로 돌을 가는 새의 모습을 찍지 못했다는 것은 참으

로 미스터리한 일이다"

　다음 날에도 문장은 시작되고 남자는 햇빛 아래서 자신의
주위를 에워싼 채 가볍게 부유하는 먼지를 본다 손등에 내
려앉는 티끌, 아름답구나 그는 누구의 발걸음도 닿은 적 없
는 자신의 마당을 향해 잿빛 돌을 던져보았다

흑백필름

—

그때 너와 나는 영화의 전조를 알아차리지 못했지

반복되는 여진과 정전, 부서질 듯 떨리는 유리컵은

주인공의 불안이나 재난 이후 더 어두워진 삶에 대한 은
유가 아니었고

다만 사랑하는 사람의 영혼이

부르르 떨며 날아가고 있다는 것

—

순서대로 입장을 마감합니다

안내 방송이 흘러나오는 서울식물원에서

왜 돈만 있으면 들어갈 수 있다고 생각한 걸까

늦길 잘했어

반성했지

리아트리스 알로카시아 루테아

유리 온실에서 자라는 온화한 식물들의 이름을 불러주며

—

너와 나는 법 없이 살 수 있는 어른이 되자

다짐했었는데

요즘은 이곳보다 편안한 곳은 없다는 생각이 들어

밥과 약을 잘 챙겨 먹고 어느 때보다도 건강해

−

선량한 어른이 되었어

눈을 마주치지 않고 사람을 비껴가는 것이 예의라는 것을
알고

이제 어디서든 고함을 지르지 않아

해치도록 허락된 것만 해치고

가끔은 넘치게 기부를 하지

−

그때 나는 알아차리지 못했어

중요한 것은 보지 못했던 식물의 이름이나 마땅히 지켜야

만 하는 질서, 어른들의 말이 아니었고

때로는 비명에 가깝게 소리를 질렀어야 했다는 것

길을 막아서고

잠깐만 시간을 내주세요 들어주세요 말했어야 했다는 것

한걸음도 포기해서는 안 됐다는 것

—

이제 나는 너와 찍은 사진을 열어보지 않아

봐도 아프지 않기 때문이지

가끔은 곤두박질, 세상이 다 사라져버린 건 아닐까 해

너무 오랫동안

아무것도 보이지 않기 때문이지

—

지진이 아무런 피해도 남기지 않고 이곳을 떠났다는 소식
을 들었어

—

그때 나는 왜 추위에 떨던 네 모습만 떠올렸는지

어머니가 어렸을 적에

어머니가 어렸을 적에 아이가 아기를 업고 찬물에 쌀을 씻으셨다 넌 꿈 같은 거 꾸지 마라 아버지를 따라 길을 나서셨다 눈발이 거셌고 하루 종일 시장에서 장사를 했다 어머니의 어머니는 어머니를 붙잡고 우셨다

어머니가 어렸을 적에 지나치게 총명하였다 말하지 않고 말하는 법을 배우셨다 진짜 하고 싶은 말은 부서지는 낙엽에 쓰고 버렸다

어머니가 어렸을 적에 손은 쉴 틈 없이 부르텄다 빗발치듯 탄피가 쏟아져서 작업대에서 조금도 눈을 뗄 수 없었다 흰 장갑이 새까매지도록 탄피를 골라내셨다

어머니가 어렸을 적에 돈을 버셨다 어머니가 돈을 벌면 벌 때마다 집마당에 쓰러진 울타리가 세워지고 돼지를 잡고 형제자매들은 모두 대학에 갔다

어머니가 어렸을 적에 지나치게 아름다웠다 어두운 골목까지 사내들이 뒤따라와 고함을 질렀다 어머니는 건물 틈에 주저앉아 몸을 숨기셨다 눈발이 거셌고

너 아직도 꿈을 꾸는 게냐 어머니가 더이상 어리지 않을 적에 아버지가 자신을 사랑하지 않는다는 사실에 더는 울지 않으셨다 눈뭉치처럼 단단했고 집을 떠나셨다

분갈이

"넌 공간을 너무 많이 차지해"

그는 해마다 나를 구름에, 욕조에, 화분에 옮겨 심었다

신겨진 화분이 비좁아 뿌리 끝까지 아팠다 바람이 바뀔
때마다 이리저리 푸른 머리칼이 한주먹씩 쥐어뜯겼다

"물을 줘요 난 더 커질 수 있어요"

작게 속삭였지만, 그는 너무 오랫동안 듣지 못했다

"쓸데없이 넌 자리를 너무 많이 차지해"

그가 마당에 불을 질렀다 치수가 맞지 않는 교복이, 책가
방이 하나씩 끌려 나갔다 타닥타닥 터진 필통과 함께 불타
는 연필을 지켜보는 것은 참으로 슬픈 일이구나 불을 지를
때마다 방은 끝도 없이 넓어졌다

"내 방 좀 보세요 나는 더, 더 넓어질 수 있어요"

말했지만 그는 너무 오랫동안 눈이 멀었다

"나에겐 어둠밖에 보이지 않는구나
이제 너는 보잘것없는 열매도 맺을 수 없어 보인다"

"빛과 바람을 주세요
나는 내 방을 뒤덮는 이 어둠보다 더 큰 열매를 맺을 수 있어요"

밤새 외쳤지만

그는 오래전부터 눈과 귀를 다 닫았다
푸른 잎사귀가 마루 한가득 쌓인다

입김을 불어 스스로 바람을 만든다

눈물을 준다 비틀린 가지 끝에서 열매가 자란다
비대하게 크고 소금 맛이 난다

혼자 자란다

어두운 쪽으로

얼음

부지런히 손을 놀렸다 불빛 아래서 외관에 흠집이 난 것,
탄두가 지나치게 얇거나 두꺼운 것, 규격에 미달되는 것 불
량품을 골라내는 것이 내 일이었다 손끝이 아리도록 시렸다

총알은 반드시 발사되어야 한다 작업반장의 말을 들으면
할머니가 생각났다 할머니는 전쟁 때 버려진 탄피를 주워
고철상에 팔았다 때때로 이유도 없이 손녀를 붙잡고 우셨다
주머니 가득 탄피가 찰랑거려도 죽은 사람 같은 거 생각 안
난다고 하셨다 열심히

두 손을 놀렸다 집으로 가져가야 할 몫이 있었다 애 너 숨
도 쉬지 마라, 돈 다 빠져나간다 동트기 전 도착한 언니들이
작업복으로 갈아입으며 웃었다 나는 함께 찢어질 것 같았다
탄피 대신 하루치의 일당을 주머니에 넣고 공장을 빠져나
오면

세상을 향해 불발된 탄환, 멀쩡히 해가 떠 있었다 볕이 탄
가루처럼 빛났고 철책선을 따라 걸었다 밥을 먹고 쫓기듯
쪽잠을 자면 탄두는 몸속에서 터지고 터져야 한다 작업반장

102

대신 할머니의 울음소리가 머리끝까지 찰랑댔다 꿈속에서
나는

  빨간 산사나무 아래 누워 있었다 장전된 탄창은 비어 있
었다 눈 속에 파묻힌 것처럼 추웠다 탄피는 전부 사라지고
없었다 탄두가 지나치게 얇은 것, 흠집 나고 규격에 어긋나
는 것들

  버려진 참호에 몸은 남겨져 있었다

사람들*

　　나는 찢어진 셔츠가 널려 있는 사이사이를 밟으며 울부짖
고 절규합니다**

　* Christian Boltanski 「personnes」(2010).
　** 차학경.

흙먼지

미안해하면 뭐가 달라지나요?

다큐멘터리 속 여자가 묻는다 그녀는 어린 시절 잘못 발사된 탄환에 부모를 잃었다 인터뷰어는 잠시 침묵하고 화면 너머로

날아오른 먼지가 이제는 더이상 어리지 않은 여자의 어깨에 내려앉는다 이어서 쌓여 있는 약봉지

죄책감에 시달리는 늙은 퇴역 군인이 미안하다고, 정말 미안하다고 말한다 남자의 목소리가 떨려오고

나는 장면을 멈춘다

떨어진 햇빛이 책상을 비춘다 조각조각 어지럽게 무늬를 내며

펼쳐진 책에서는 흰 머릿수건을 두른 여자들이 행진하고 있다 비를 맞으며 살해된 아이들의 이름을 수놓고*

느리고 느리게

영원히

*

미안합니다

어깨를 치고 간 사람이 순식간에 멀어진다 뭐라고 미처
답하기도 전에

아스팔트 위에서 흔적도 없이 말라가는 비

거짓말처럼 오는 빛

미안합니다

미안합니다

귓가에 맺혀 혼자 중얼거리는,

* 한강 「겨울 저편의 겨울 11」 변용.

월화수목금토일

잘 지내?

누가 묻지도 않았는데 잘 지내 답하고 싶은 순간이 있습
니다

오늘은 당신에 대해 참 많은 이야기를 나누었습니다

당신이 좋아하던 음식을 올려놓고 기름기 묻은 손을 세제
로 씻으며

물기를 닦던 사소한 습관과 벨을 누르면 가장 먼저 반겨
주던 당신에 대해 수화기 너머로 들려오던 음성에 대해

—

잘 지내고 있어?

벽장에 비치는 것이라곤 그림자 하나뿐인데

문득 묻고 싶은 순간이 있습니다

비를 모으고 모으다 못 견디고 무너지는 댐처럼

폭설에 쓰러지는 나무처럼

어떻게 지내

묻고 싶은 순간이

—

　오늘은 당신에 대해 이야기를 참 많이 나누었습니다 당신
이 좋아하지 않던 음식을 앞에 두고

왜 싫어했을까? 이렇게 먹기 좋은 것을

웃으면서

월화수목금토일

당신을 잊다가

천사가 지나가는 동안*

당신은 침묵한다

무엇 하나 함부로 말하지 않는다 여전한 허기와 추위로
혼자 있다 꽃다발처럼 묶이지 않는다

천사가 지나가는 동안 당신은

찻잔에 입술을 댄다 창밖으로는 세상의 새가 서로를 향해
날아오르고 넘칠 듯 들이치는 햇빛이 지나가는 사람의 옆모
습을 비추지만

당신은 아무것도 알아차리지 못한다

천사가 지나가는 시간에

당신은 턱을 괴고 생각에 빠져 있다 한번 두번 세번 설탕
을 부으며 휘휘 저으며 그 속으로 미끄러져 자주 젖지만

그것을 슬픔이라고 말하진 않는다

천사가 지나가는 시간에

당신은 까닭 없이 꽃을 산다 그것을 품에 안고 광장을 걸
어간다 전쟁에 끌려간 소녀의 상, 얼어붙은 털을 고르는 고
양이, 먼지 쌓인 테이블 위 인간의 뼈를 수북이 쌓아놓고 기
도하는 어느 예술가를 떠올리며

달라진 건 없어, 중얼거리지만

당신은 세계 속에 있다 기꺼이 그곳으로 간다 발밑으로
꽃잎이 떨어지고 짓이겨지고 당신이 당신만을 바라보며 똑
바로 걸어갈 때

천사는 모두의 어깨를 딛고 날아오르고

불현듯 건너편의 사람은 당신이 아름답다고 생각했다

* 사람들 사이에 대화가 갑자기 끊기고 낯선 정적이 흐르는 순간
  을 프랑스와 독일에서는 '천사가 지나가는 시간'이라 말한다.

익스트림 클로즈업

헌혈을 하고 나와서 너와 영화를 보러 갔다 극장에는 우리 둘뿐이었다 마스크를 하고

너와 내가 본 영화에서는 사랑하는 사람을 병으로 잃어가는 한 사람이 나왔다 감독은 관객들에게 아주 천천히 사랑하는 자의 주름과 검버섯, 희끗한 머리칼을 보여주었다

극도로 가깝게

영화는 인물과 함께 죽어갔다

정말 저런 세계가 있을까 네 곁에 다가갈수록 비겁한 내 변명이 널 다치게 했는데 사과할 때마다 손을 꽉 쥐어서 유리컵은 나 때문에 많이 아팠는데

그런데도 너는 내게 어깨를 내주고 나는 그것을 따뜻하다고 느끼지 서로에게 기대서 끝까지

엔딩크레딧을 지켜보자 엑스트라의 이름을 하나하나 불

러보자 극장을 벗어나면 잊어버리고 말 테지만 그래도

　그래도 너와 나는 끝까지 마지막 관객이 된다 참 좋은 영
화였어 그렇지? 손을 잡고 아팠던 말은 아팠던 말 달라지는
건 없지만

　해사한 남자의 얼굴에 빛이 고여 흐르고

　외국에는 단 하나의 못도 사용하지 않고 만든 다리가 있
대 강과 집을 잇는 공습 때도 살아남은 오래된 다리가

　너는 생각보다 가까운 나라의 이야기를 내게 들려주고 그
곳이 그리 멀지 않다고

　아주 작은 목소리로 말한다

호명되지 않는 기쁨

　부드러운 어둠 속에서 나는 호명되지 않은 채 길을 걸어 아무도 지금 내가 어떤 모자를 쓰고 있는지, 내 머릿속에 어떤 구름이 자리 잡고 있는지, 그것이 어떤 이름인지 알 수 없지 아무도 그것을 궁금해하지 않아도 돼 우리는 서로를 멈춰 세우지 않고도 그대로 스쳐 지나갈 수 있어 발자국 무늬를 가만히 바라봐줄 수 있어 섣불리 부를 수 없다는 거, 뒷모습을 함부로 명명할 수 없다는 거, 버벅거리고, 실패한다는 거 그런 것들이 차곡차곡 쌓였다 조용히 어둠 속으로 돌아가는 밤이야 나는 집으로 돌아와 아무것도 쓰여 있지 않은 백지를 봐 무한히 확장된 설원, 가능성, 이런 말은 식상해 쓰이면서 가능성은 실현되고, 문은 끊임없이 열리고, 확장되지 나는 다만 백지를 바라봐 그게 원래 백지였던 것처럼 백지가 가능성을 실현하기 위해 이 세상에 오지 않은 것처럼 내가 누군가의 명령을 받고 이 세상에 태어나지 않은 것처럼 나는 세계의 호출을 전부 멈추고 이름 없이 분류되지 않은 채 여기, 흘러가는 구름으로 머물고 있어 서류 더미에 새 장에 누군가의 서랍 속에 가두어놓을 수 없는 바람으로 있어 지금 너의 두 뺨을 가볍게 스치며

우리 걷기를 포기하진 말자

해변에 가자

혼자라면 발자국이 두개, 아롱이 밤이와 함께 걸으면 발
자국이 열개

스무개, 서른개……

셀 수 없는 무늬로 모래사장을 물들이자 파도가 다가와서
열개의 다리를 적셔도 멈추지 말자 첨벙첨벙 발을 구르자
각자의 감촉으로 햇살 아래 몸을 말리자

개 반입 금지

현수막을 운동장에서, 거리에서, 해변에서 만나게 된다
해도 걷기를 포기하진 말자 코너의 벚나무까지 달리기, 창
너머 들려오는 소리에 귀 기울이기를 멈추지 말자

비에 젖은 흙냄새, 실밥이 뜯긴 야구공, 풀숲에 뛰어들기
를 끝내지 말자

열 개의 다리로, 수많은 풍경 속에 발 담그기를 계속하자

바람에 흩날리는 제각각인 우리의 빛깔을 그림자와 그림자로 이으며, 쿵쿵 가끔 뒤돌아 서로를 확인하면서

모르는 길 밖으로 나서기를 두려워하지 말자 가볍게 가볍게 땅에 그어진 선의 경계를 훌쩍 뛰어넘으며

이 걷기를 계속하자

단정한 마음

조대한

　정다연 시인의 두번째 시집 『서로에게 기대서 끝까지』를 읽어가다보면 단정하게 정돈된 아름다운 언어들 사이에서 유달리 돌올하게 자리 잡은 사진을 한장 발견할 수 있다. 사진 속에는 크레인 아래 수북이 쌓인 정체불명의 무더기가 담겨 있다. '사람들'이라는 제목과 나란히 놓여 있는 탓에 이 흑백사진은 언뜻 사람들의 시체가 거대한 무덤을 이룬 끔찍한 장면 같아 보이기도 한다. 이 작품은 프랑스의 현대미술가 크리스티앙 볼탕스키가 파리에서 행한 설치미술의 일부로서, 실제로 쌓여 있는 것은 주인 모를 헌 옷가지들이다. 그 섬뜩한 사진 아래에 "나는 찢어진 셔츠가 널려 있는 사이사이를 밟으며 울부짖고 절규합니라"라는 차학경의 글귀가 덧붙어 있다. 그의 절규와 수명을 다한 사람들의 껍데기가 묘하게 맞닿아 있는 이 시는 시집 속의 화자가 바라

보는 세계의 한 단면을 보여주는 듯하다. 그것은 "사체 위에 또다른 사체 하나가" 무심히 쌓아 올려지는 세계, 그렇게 "또다른 사체 위에 또다른 사체 하나가 꽃잎처럼 겹쳐지는 것이 꼭 아는 이의 얼굴"(「あなたが日本人だったらもっとよかったのに」)처럼 익숙하게 느껴지는 끔찍한 세계이다.

시집의 첫번째 시 「홀리데이」를 보면 현지 가이드의 안내를 받고 있는 '나'가 등장한다. 제목에서 짐작할 수 있듯 아마도 '나'는 해외로 워킹홀리데이를 떠난 듯싶다. "필리핀계 호주인"인 데이비드는 아시아인의 피가 흐르는 너는 사람들에게 "쉽게 호감을 살 수 있다"고 말하며, 그래도 일본인이었으면 더 좋았을 거라는 말을 수차례 반복한다. "쉴 새 없이 あなたが日本人だったらもっとよかったのに"를 되뇌는 "백인 사장"에게 나는 아시아인-여성으로 범주화되는 것만으로도 손쉬운 호감의 대상으로 화한다. 문득 그는 국외로 추방당하지 않기 위해 필사적으로 저항하던 젊은 부부의 투신자살 이야기를 가십처럼 꺼낸다. 그리고 그의 수다스러운 가십거리 위로 "자연적으로 발생한 산불로 삼림이 크게 훼손되었고" "워킹홀리데이로 체류 중인 동양인 여성이 쓰레기 더미 위에서" "변사체로 발견되었다"는 라디오 뉴스가 겹쳐 흘러나온다. 누군가의 삶을 건 싸움과 비극적인 죽음은 '자연적'으로 발생한 재해와 나란히 놓이며, "낙석을 비껴가며" 운전하던 데이비드의 곁을 잠시의 재난처럼 스쳐 지나갈 뿐이다.

도미니크 바뱅은 재난을 '일상성으로부터의 일탈'이라고
정의한 바 있는데, 다만 그것은 TV 정규 프로그램이 재난방
송으로 전환되었을 때 체감하는 정도의 일시적인 일탈로 설
명된다. 비참한 속보에 잠시 동안 마음이 놀라고 동감하긴
하나 얼마 지나지 않아 복구된 정규 프로그램에 이내 다시
빠지게 되는 것처럼, 우리에게는 재난을 빠르게 망각하는
경향이 있음을 비판적으로 지적한다. 누군가에게 닥친 비극
을 건네 들은 데이비드가 "세상이 점점 더 무서워지고 있다
고" "몸서리칠" 수 있는 것은 그 재난이 그의 삶에서 그만큼
예외적이고 한시적인 사건이기 때문일지도 모르겠다. 하지
만 누군가에게 그것은 일상적인 위협이자 상시화된 예외 상
태이기도 하다.

　　카페에서 친구를 기다린다 커피향이 고소하다 불에 볶
은 과테말라, 케냐, 오악사카산 원두

　　수익의 일부는 정당하게 현지에서 일하는 농부들에게
돌아간다

　　많이 살수록 할인율은 높아진다 최저가의 최저가 에코
백은 덤이다

　　(…)

각 노선이 막힘없이 연결된다 이렇게 늦은 밤까지 대중교통을 이용할 수 있는 나라는 없을 거야 사거리를 지나다 총 맞을 일도 없잖아? 살인율이 가장 높다는 멕시코, 멕시코를 곱씹다가

스스로를 죽이는 나라와 타인을 가장 쉽게 죽이는 나라 중 어느 쪽이 좀더 나은 곳일까 생각하다가

내려야 할 곳에서 내리지 못했다 다음 열차를 기다리며 에코백을 버렸다 원하지 않는 물건을 처치하는 데 돈을 쓰는 건 무척 아까운 일이다 게다가

친환경 소재 에코백은 잘 썩어 어쩌면 좋은 비료가 될 수 있고

질 좋은 비료는 비옥한 토양이 되어 훌륭한 열매를 맺을 수도 있다

빈 열차가 플랫폼을 빠르게 통과한다 달리는 열차의 소음은 시원하게 갈리는 원두 소리 같구나

쇠 타는 냄새

불합리한 구조조정에 항의하던 사람이 서울 한복판에
서 칼을 휘둘렀으나 부상자는 0, 사망자는 한명뿐이었다
고 한다

──「에코백」 부분

두번째 시 「에코백」의 서두는 "과테말라, 케냐, 오악사카
산 원두"의 향을 음미하며 친구를 기다리는 '나'의 모습으
로 시작된다. 구매한 커피 수익의 일부가 "정당하게 현지에
서 일하는 농부들에게 돌아간다"라는 진술로 미루어보건
대, 아마도 '나'는 '공정무역'으로 유통된 커피를 마시고 있
는 듯하다. 공정무역 제도의 빛과 그늘은 차치해두더라도
여기에서 손쉽게 지적할 수 있는 것은 모종의 윤리적 제스
처일 것이다. 그것은 글로벌 커피 기업이 공정한 판매라는
명목을 내세워 자본 소득을 감추는 것처럼, 조금 더 올바른
소비를 하고 있다고 여기며 스스로에게 윤리적 면죄부를 부
여하는 선한 착취의 태도이다. 이는 사은품으로 제공된 "친
환경 소재 에코백"에서도 잘 드러나듯, 최소한을 최선이라
여기며 이 세계에 가해지는 근본적인 폭력에 대한 사유와
고민을 안일하게 무마하는 태도이기도 할 것이다.
  그런데 더 큰 문제는 모든 윤리적 고민과 책임이 개인의
몫으로 전가되어 있다는 점이다. 인용 시 후반부에는 세계
에서 "살인율이 가장 높다는 멕시코"의 이야기가 언급된다.

그에 비하면 "사거리를 지나다 총 맞을 일도 없"고 "늦은 밤까지 대중교통을 이용할 수 있는" 이곳은 상대적으로 치안이 안정된 곳임이 분명하다. 하지만 주지하다시피 한국은 OECD 가입 국가 중 자살사망률이 십년 넘게 수위권 안에 드는 나라이기도 하다. '나'는 고민하듯 묻는다. 과연 "스스로를 죽이는 나라와 타인을 가장 쉽게 죽이는 나라 중 어느 쪽이 좀더 나은 곳일까". '나'의 목숨을 위협하는 가장 무서운 존재가 '나' 자신이 되어버린 이 기이한 세계에서 개인이 행할 수 있는 일이란 그저 먼 나라의 불행을 보며 상대적인 위안을 느끼는 것뿐이다. 시는 "불합리한 구조조정에 항의하"며 "서울 한복판에서 칼을 휘둘렀"던 사람의 뉴스로 마무리된다. 앞선 맥락을 참조한다면 그 사건의 유일한 사망자 한명은 아마도 칼을 휘두른 본인인 듯싶다. 매끄럽고 합리적인 제도에 승복했으나 파국을 맞은 그가 실패를 탓하는 칼날을 내밀 곳은 결국 자기 자신밖에 없지 않았을까.

그러니까 이 시집 속에 그려진 세계는 인종, 성별, 정체성에 따라 개인을 호감과 혐오의 대상으로 손쉽게 분류하는 세계, 여성은 대형견을 키울 수 없다고 말하며 반려동물을 총으로 쏘아 죽이는 폭력이 여전히 통용되는 세계(「여자는 시베리아허스키를 키울 수 없다」), 열차의 소음과 "시원하게 갈리는 원두 소리"처럼 구성원들을 부속품으로 마모시키며 전진하는 세계, 자신을 찌르게 될지도 모를 칼날을 애써 더 뾰족하게 갈도록 강요하는 세계, 그렇게 하나둘 사라진 이들의 흔적이 헌 옷 무더기처럼 쌓여 있고 "주머니 가득 탄피가 찰랑거려도 죽은 사람 같은 거 생각"(「얼음」)하지 않아야 겨우 헤쳐나갈 수 있는 세계, 재난과도 같은 삶의 파국과 실패의 결과를 모두 자기 탓으로 돌릴 수밖에 없는 사람들의 세계이다.

슬라보예 지젝은 『폭력이란 무엇인가』(난장이 2011)에서 주체가 명료히 보이는 폭력을 '주관적 폭력', 주체가 보이지 않는 비가시적인 폭력을 '객관적 폭력'으로 구분한다. 그는 착한 소비를 종용하는 다국적 커피 기업을 사례로 들면서, 선함을 내세워 부의 비대칭과 노동의 착취를 가리는 그들의 판매 구조가 객관적 폭력에 해당한다고 설명한다. 그리고 가장 많은 기부와 자본의 착취를 함께 행한 이로 빌 게이츠를 언급하면서, 베르톨트 브레히트의 시 「선한 자에 대한 심문」에 빗대어 그의 선함에 어울리는 좋은 총과 좋은 탄환으로 결국 그를 쏘아야 한다고 주장한다. 다소 과격한 지젝의 논의를 참조한다면, 우리의 총알은 애초부터 그러한 방식으로만 선함을 행사할 수 있도록 구조화된 이 세계를 향해야 하는 것은 아닐까. 우리가 디디고 서 있는 "세상의 중심을 향해" "스스로 불을 지르는 숲"(「홀리데이」)이 되어야 하는 것은 아닐까.

하지만 이러한 예상 혹은 기대와는 달리 시집 속의 '나'는 실패를 반복하고 그것으로 나아가는 길을 선택한다. 「크럭스」에는 별자리처럼 얇게 펴진 거미줄 위에 아슬아슬 몸을 걸친 실거미 한마리가 등장한다. '나'는 "창문에 매달린 실거미"를 "가지 끝 물방울을 털듯" 툭 떨어뜨리고 싶어한다. 그리고 낙하하는 거미의 이미지는 "푸른 암벽"의 난코스에서 끝내 떨어지고 말았던 '나'의 모습과 선명히 겹쳐진다. 좀더 "손발의 힘을 모았어야" 했다고, 애써 "끝까지 매달렸어야 했"다고 '나'는 되뇐다.

실패를 경험한 뒤 습득하게 된 것은 '낙법'이다. 낙법은 낙하의 충격을 최소화하는 방법에 해당하므로 당연히 넘어진다는 것을 전제로 한 기술의 일종이다. 험난한 좌절과 패배의 예견된 충격을 대부분 개인의 몫으로 할당해둔 이 세계에서 그것은 언제나 "멍든 낙법"일 수밖에 없다. 주변 사람들이 '나'에게 해줄 수 있는 것은 그저 잘 넘어지라는 아이러니한 격려와 충고뿐이다. "*힘을 빼 그러지 않으면 더 아파*". 그것은 분명 '나'를 걱정해주는 "다정한 말"이지만, "더 깊은 낭떠러지로" 거미를 내리 끄는 빗방울처럼 '나'를 "쉴 틈 없이 때리는" 멍든 말이기도 하다.

요즘 나는 바싹 마른 잎 같다
가까이 다가가지 않으면 소리가 잘 들리지 않는다

하루 세번 약을 먹고 개와 산책한다
혼자에 가까워지고, 주기적으로 볕을 쬐는 일은 나의 건강에 도움이 된다 그렇게 믿으며

(⋯)

빛으로부터
동공이 시야를 열고 닫듯
울타리는 잔디를 계속해서 보호할 것이다

가두는 분수대를 뛰어내리는 물방울
물방울들
너무 가까이 가진 않는다

—「무기력」 부분

이 세계를 살아가는 '나'의 일면이 잘 함축된 시이다. '나'
의 일과는 일견 꽤나 안정되어 있는 듯 보인다. 하루에 세번
밥과 약을 먹고, 개와 산책을 하며, 주기적으로 햇볕을 쬔다.
반복되는 루틴은 스스로를 점점 더 "혼자에 가까워지"게 만
드는 것이기도 하지만, 잔디를 보호하는 울타리와 팻말처럼
외부의 존재들로부터 '나'를 보호하는 일이기도 하다. "바
싹 마른 잎"인 양 감정이 메마른 '나'는 누구에게도 쉬이 곁
을 주지 않고, "분수대를 뛰어내리는" 활기찬 물방울들에게
도 "너무 가까이 가진 않"으려 한다. "눈을 마주치지 않고 사
람을 비껴가는 것이 예의라는 것을 알고" 이 세계에서 "해
치도록 허락된 것만 해치고" "가끔은 넘치게 기부를 하"며

선행을 베푸는 '나'는 어느덧 사회의 "선량한 어른"(「흑백 필름」)이 되어버린 듯하다. 겉으론 다소 무기력해보이지만 이렇게 세계와 거리를 두고 건조하고 단정하게 살아가는 일이 가장 건강한 삶이라고, 그나마 덜 다치는 길이라고 "그렇게 믿으며" 살아가는 것 같다.

이와 유사한 삶의 방식은 「지금은 상영할 수 없습니다」에서도 잘 드러난다. 시 속의 '나'는 견디기 힘든 어떤 상황에 처해 있다. 그럼에도 슬픔인지 고통인지 쉽사리 분간되지 않는 마음을 꾹꾹 누르며 차분하게 일상을 영위하려 애쓰고 있는 듯하다. 음식이 놓인 흰 접시 앞에서 멍하니 시간을 보내지 않도록, 꼴사납게 "가슴을 두드리거나 눈물을 모으지 않"도록 밥과 국에 습관적으로 숟가락을 가져간다. 다소 묘한 것은 이러한 행동을 스스로 '연기'라고 인지하고 있다는 점이다. "밥을 먹습니다", "양손을 뗍니다", "지금은 땀 흘리는 사람만 연기합니다" 등 시나리오의 지시문처럼 이어지는 문장들은 이 장면이 일종의 연극과도 같은 상황임을 직접적으로 드러낸다. 자신의 마음과도 일정한 거리를 둔 채 상영되는 '나'를 바라보고 있는 이 같은 '3인칭적 자의식'은 분명 가식에 불과하지만, 스스로를 유지할 수 없을 정도로 삶이 힘겹고 버거운 어떤 이들에겐 어떻게든 일상을 이어나가게 하는 버팀목이 되어주는 듯도 하다. '나'는 이 세계 속에서 평범하게 살아가기 위해 필사적으로 "평온한 표정"과 걸음걸이를 흉내 내고, "더 크고 차가운 얼음 콘크리트"(「어

항」)와 어울리는 무정한 가면을 쓴다. 하지만 "울 마음이 없
어서//웃는 사람"(「지금은 상영할 수 없습니다」)의 표정을 하고
있는 모습에서 더 애틋한 슬픔이 배어나오는 것은 왜일까.

말한 적 있나. 윗집 사람은 새벽 두시만 되면 변기 물을
계속 내려. 그 소리가 끝도 없이 내 입속으로 빨려와. 생각
해본 적 있어? 머리 위에 있는 것이 터질 듯 부풀어오른 배
수관이라는 거. 폭식한 사람의 위처럼, 쏟아질 것 같은데.
나는 있지, 가끔 네 숨소리도 견디기 어려울 때가 있어.

그러니까 아주 커다란 침대를 사자. 서로의 윤곽이 마
음껏 흘러갈 수 있도록. 빛이 새어들지 않는 암막 커튼을
치고 너와 나의 손으로 두꺼운 벽을 만들자. 새하얀 페인
트칠, 다 덮어도 될까. 그래도 될까?

―「가정」부분

'나'는 언제나 "최대한으로, 발걸음을 죽인"(「층간소음」)
채 조용히 걷는 사람이다. 내가 꿈꾸는 타인과의 관계에는
일정한 거리감 또는 단절감이 필요해 보인다. 내가 바라는
이상적인 사랑의 형식 또한 '나'와 '너'의 개별 공간이 확보
되어 "두꺼운 벽"으로 서로가 분리된 형태인 것 같다. 하지
만 그러한 바람에도 타인의 존재감은 종종 '나'의 영역을 불
쑥 침범해 들어온다. "새벽 두시만 되면 변기물"을 내리는

"윗집 사람"의 소리는 '나'를 두려움에 떨게 한다. 얇고 텅 빈 천장을 하나 사이에 두고 떨어지는 그의 배설물들은 모두 '나'의 입으로 쏟아질 듯하고, "폭식한 사람의 위처럼" 커진 '나'의 체적은 부풀어오르다 이내 터져버릴 것만 같다. 이렇게 타인의 작은 기척조차 버거울 때면 아무리 사랑하는 사이라 한들 "가끔 네 숨소리도 견디기 어려울 때가 있"다. 그러니 모난 채로 살아온 우리가 서로에게 부딪쳐 상처 입지 않도록, "서로의 윤곽이 마음껏 흘러갈 수 있도록", "빛이 새어들지 않는 암막 커튼을 치고" 각자의 고유한 모양을 유지할 수 있는 두꺼운 유리벽을 만들자고 속삭인다.

「사랑의 모양」 속의 '나'는 "구멍을 하나 가지고 있다". 네가 지나칠 정도로 눈부시게 다가올 때면 눈을 감듯 '너'를 숨겨둘 수 있는 그런 구멍이다. "체리처럼 번져오는 노을, 노을을 따라 전속력으로 달려오는 사람, 색색의 플라스틱 빨대들." 그런 형형색색의 설렘과 급작스러운 속도는 '나'가 원하는 종류의 사랑이 아닌 듯하다. '너'를 그리는 만큼 정직하게 '나'의 하루가 차오르고, 그렇게 "수도꼭지를 돌리듯 네가 따뜻해진다면 좋겠다"고 생각한다. 네가 담긴 내 마음의 공간은 "잘 보관된 표본"처럼 정돈되어 있고 그 "감정은/단정하다"(「유리로 만든 관」). 모나고 멍든 육체를 부딪히지 않고도 서로의 체온을 나누며 우리는 함께 가득 차오를 수 있다.

알랭 바디우는 『사랑 예찬』(길 2010)에서 이처럼 안전하고 평온한 사랑의 방식을 비판한 바 있다. 그는 사랑이 지녀야 하는 위험성에 대해 언급하며 프랑스의 대표적인 데이트 웹사이트인 '미틱'(Meetic)의 사례를 든다. '사랑에 빠지지 않고 사랑할 수 있다'는 미틱의 슬로건을 비판하면서, 사랑의 위험을 회피하며 사랑을 획득하려는 징후들이 '전사자 제로'를 외치는 미군의 전쟁 방식과 닮았다고 주장한다. 폭격과 공습에 의한 사상자가 분명히 발생했음에도 눈앞에 그 참혹한 실체가 보이지 않으므로 전사자가 없는 것이라 여기는 전쟁의 방식과, 타인과 접촉하는 순간 필연적으로 발생할 수밖에 없는 위험과 상처의 위협을 애써 도려내거나 무시하려는 어떤 사랑의 경향이 서로 비슷하다는 것이다. 바디우가 보기에 매혹적인 사랑은 위험에 빠질 스스로의 운명을 명확히 깨닫지 못한 채 미지의 거리를 헤매는 위험천만한 행위에 가깝다. 그 매혹은 단순한 호감과는 달라서, '나'를 파괴할 것만 같은 불길한 예감과 두려움을 동반한다. 그의 논지를 따르자면 진실한 사랑이란 위험을 무릅쓰고 누군가를 사랑해야 하는 모습이 아니라, 재난과도 같은 파국을 예감했기 때문에 당신을 사랑할 수밖에 없는 불가피한 형태가 아닐까.

그러나 '나'라는 존재의 지반을 위협하는 사건으로만 사랑을 바라보는 것은 위험한 사랑의 미학을 통해 일상에의 일탈을 꿈꾸는 낭만적인 상상일지도 모르겠다. 예외적인 사건이 아닌 상시화된 재난 속에서 일상을 살아가야 하는 이

들이 두려워하는 것은 자신에게 위협이 될 타인의 모습이기도 하지만, 동시에 "네 곁에 다가갈수록" "널 다치게"(「익스트림 클로즈업」) 할지도 모르는 '나'의 잠재적 가능성이기도 하다. 그리고 그것은 무언가를 피사체로 두고 아름다움을 형상화해야 하는 시의 발화자가 늘 마주하는 윤리적 두려움이기도 할 것이다.

시가 눈에 보이는 것이었으면 좋겠다 싶다가

마음을 고친다 시가 눈에 보이지 않았으면 좋겠다

시가 눈에 보인다면 나는 그것을 바라보는 데 전부를 쓸 것이다

첫날에는 물만 흠뻑 주고 삼일은 지켜보기만 하세요

그 말을 몇번이고 곱씹는다

나의 너무 많은 최선이 식물을 괴롭히지 않도록

거리를 둔다

조명을 어둡게 한다

나는 그것이 잘 자랐으면 좋겠다

—「셰플레라」부분

'나'는 시가 잘 써지지 않는다는 이유로 홍콩야자라 불리는 셰플레라 화분 하나를 산다. 아마도 그건 관상식물인 셰플레라를 시적 오브제로서 활용하고자 하는 의도였을 수도 있고, 단순히 아름다운 화분을 옆에 두고 기분을 환기하면 "뭔가가 써질 것" 같다는 근거 없는 믿음 때문이었을 수도 있다. 하지만 '나'는 얼마 지나지 않아 그런 "마음을 고친다". 그리고 "나의 너무 많은 최선이 식물을 괴롭히지 않도록", 나의 시를 위해 그 존재가 아름다움의 도구로 소모되지 않도록 "조명을 어둡게 한" 뒤 그것과 "거리를 둔다".

심경의 변화가 온 이유를 명확히 알 수는 없지만 어쩌면 '나'는 예술을 빌미로 피사체를 "마음껏 전시"(「전쟁과 테러」)하던 폭력들, 진실하고 핍진한 사랑을 핑계로 강요되던 낯선 위험들, "사랑하는 이의 죽음과 연이은 불행"으로 "찢기고 찢긴/삶은 고통이었지만 예술은 그만큼 아름다웠다는 이야기"(「커트 피스」)들을 더이상 믿지 않으려 하는지도 모르겠다. 내가 바라는 것은 그저 밥과 약을 잘 챙겨 먹으며 단출한 일상을 살아가는 일, 내 자리를 홀로 지키며 약속처럼 조금씩 시를 써나가는 일, 저만치 떨어져 있는 너를 지켜보며 천천히 나의 부피를 채워가는 일뿐이다. '나'는 "제각각인 우리의 빛깔"과 모난 사랑의 모양을 "그림자와 그림자로 이으며" "가끔 뒤돌아 서로를 확인"(「우리 걷기를 포기하진 말자」)할 것이다. 그리고 그보다 더 가끔씩 이 작은 야자수에게 반가운 물을 담뿍 건네며 "잘 자랐으면 좋겠다"고, 조금 춥고 낯선 이 세계에서도 온화하게 잘 자라길 바란다고 다정한 인사를 건넬 것이다.

趙大韓 | 문학평론가

잿더미 속에서 한쪽 눈을 뜬다
따뜻하다

나는 처음으로 스스로 태어나라고
나의 잠의 껍질을 지키며 깨부수지 않는 자가 있다는 걸
믿을 수 있다

허공에서 또다른 눈을 뜬다
아래는 믿을 수 없을 만큼 작아서

문을 열고 길을 나서는 당신을
바라보는 금 간 담벼락이
언제나 먼저 당신을 떠나지 않는다는 것이, 거기에 서 있
다는 것이
믿기지 않지만

당신은 모르는 당신의 긴 그림자가 가끔은 담벼락에 먼저
닿기도 한다는 걸 믿을 수 있을 것 같다

눈을 뜬다 당신의 신발 밑에서
당신의 비명이 잠든 화병의 고요함 속에서
잔디처럼

언제까지고 자랄 수 있을 것 같다

수많은 눈을 뜰 수 있을 것 같다 나에게 그만큼의 눈이 있
다는 걸 믿을 수 있을 것 같다

눈을 뜬다 여기서라면
아침보다 먼저

내가 아닌 다른 마음을 향해 편지를 쓰는 손이 있다는 걸
믿을 수 있다

2021년 가을
정다연

창비시선 464

서로에게 기대서 끝까지

초판 1쇄 발행 / 2021년 10월 8일
초판 2쇄 발행 / 2021년 11월 29일

지은이 / 정다연
펴낸이 / 강일우
책임편집 / 이진혁 박문수
조판 / 박아경
펴낸곳 / (주)창비
등록 / 1986년 8월 5일 제85호
주소 / 10881 경기도 파주시 회동길 184
전화 / 031-955-3333
팩시밀리 / 영업 031-955-3399 편집 031-955-3400
홈페이지 / www.changbi.com
전자우편 / lit@changbi.com

ⓒ 정다연 2021
ISBN 978-89-364-2464-0 03810

* 이 책은 2021년 대산문화재단 대산창작기금의 지원을 받아 발간되었습니다.
* 이 책 내용의 전부 또는 일부를 재사용하려면
  반드시 저작권자와 창비 양측의 동의를 받아야 합니다.
* 책값은 뒤표지에 표시되어 있습니다.